北京舊志彙刊

〔萬曆〕順天府志

七

中國書店藏版古籍叢刊

袁氏藝文志

清·袁渭漁等輯

中國書店

據中國書店藏版整理
戊子年秋月重刊

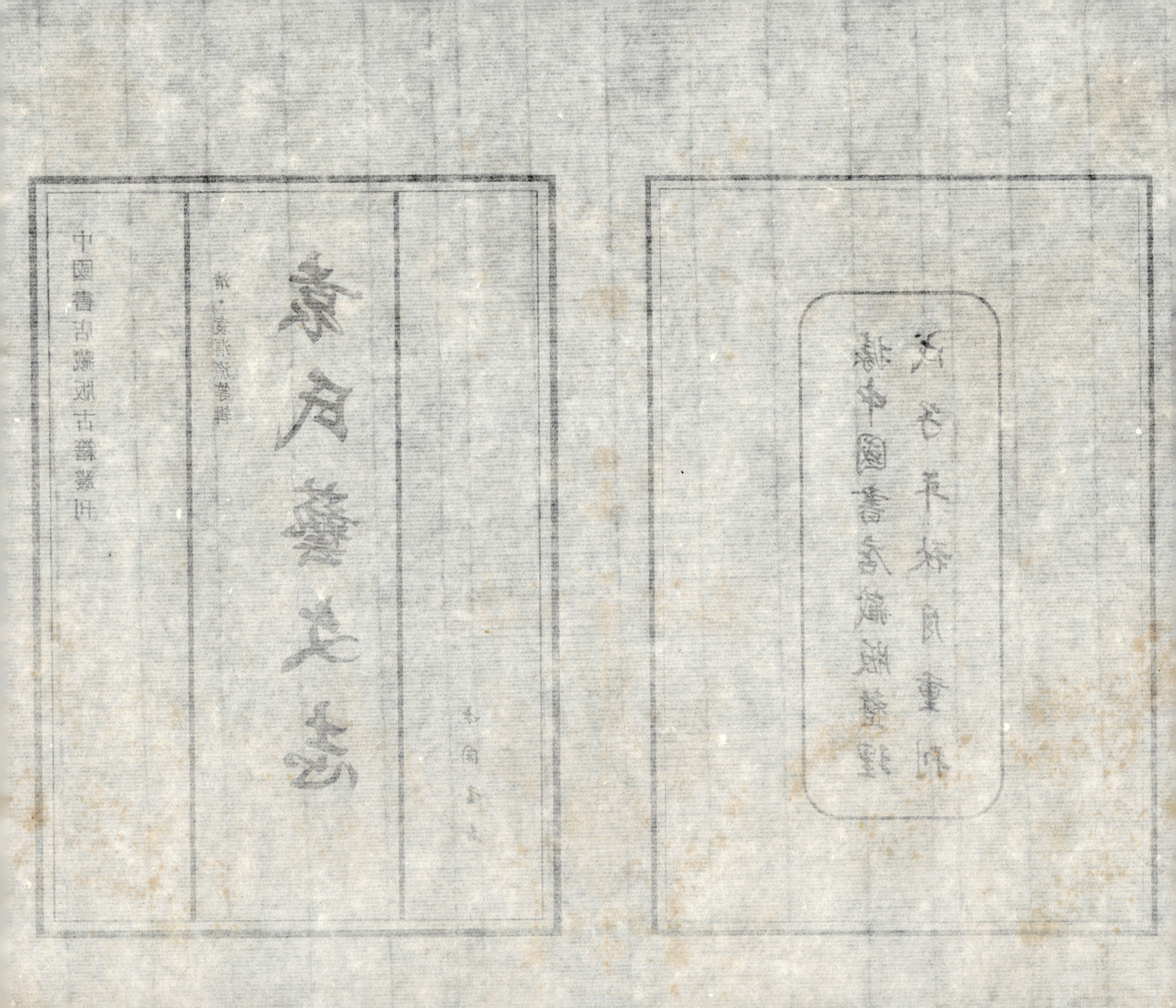

出版前言

《袁氏藝文志》，清袁昶、袁渭漁輯，一卷。本書將歷代頗有名望的袁姓名家所著集子、文章、詩詞等書目收集整理而成。并收録《袁氏文録》、《詩録》、《金石録》及《附録》等文。

袁昶認爲，袁氏之族『系望皆出於陳郡陽夏』，雖『枝葉扶疏，本原實一』，且歷代均有風節儒雅之士，『可以爲後世子孫法』，遂以經史子集分門著録袁氏之書。後遇袁渭漁，亦『留心家故』，手録有《袁氏藝文志》，以代編次，二人不謀而合。遂於光緒丁酉（一八九七年）夏，就兩家所録重加整理考訂，依年代爲序，編成一卷。

《袁氏藝文志》收録上至漢代，下迄清朝，歷代袁氏有著述者一百多人，分别注明時代、世系、官位等，所列著作、詩文標明出處。除著録著作外，另有《金石録》，記載各地有關袁氏的碑文九十種左右。本書對研究版本學、目録學具有資料價值。

袁渭漁，清人，《江蘇藝文志·蘇州卷》載：『袁寶璜，字渭漁，元和

人……光緒十八年（一八九二年）進士。

袁昶（一八四六—一九〇〇年），原名振蟾，字爽秋，號重黎，浙江桐廬坊郭（今浙江桐廬縣桐廬鎮）人。同治四年（一八六五年）舉鄉式。光緒二年（一八七六年）登進士，授户部主事，歷任總理各國事務衙門章京、光禄寺卿等職。光緒二十六年（一九〇〇年），義和團在京起事，慈禧太后及端王載漪嗾使攻打各國使館，袁昶竭力反對，被載漪矯旨所殺。八國聯軍攻陷京師，訂喪權辱國之《辛丑合約》。是年十二月，清廷下詔開復袁昶原官。宣統元年（一九〇九年），追贈爲『忠節』。袁昶少負俊才，曾從劉熙載求學，宏通淹博，睥睨一代。一生著述甚多，已刊行者有《漸西村人初集》、《春闈雜咏》、《於湖小集》、《參軍蠻語止齋雜著》等。袁昶重視經世致用之學，纂輯農、桑、兵、醫、輿地、治術、掌故諸書，編爲《漸西村舍叢刻》。《袁氏藝文志》一書即據漸西村舍彙刊原刻本刊行。

作爲專門從事古舊書刊收集、保護、整理和出版、流通的中國書店，在半個世紀漫長的經營歷程中，收集和保護了大量的珍貴古籍文獻資料，也收集保存了近十萬片古書木版。這批古書木版有各種古籍一百六十餘種圖書，涵蓋了經史子集各個部分，具有很高的文化價值和極爲重要的文獻價值。一個文化企

業能收存如此數量的木版，其品種之多、數量之大，在北京市屬的單位中是唯一的，在全國也是不多見的。對這批珍稀的古書木版進行發掘和整理，是中國書店出版工作的重要内容，也是北京傳統文化發掘的重要工程。爲此，中國書店將在社會各個方面的扶持和幫助下，陸續對所收藏的木版進行系統的整理，以《中國書店藏版古籍叢刊》的名義刊行，爲學術研究、古籍文獻整理作出積極的貢獻，也爲綫裝古籍的收藏提供一部珍惜的版本。

此次重新刊行的《袁氏藝文志》即爲漸西村舍彙刊原刻本，也是一部頗爲少見的《袁氏藝文志》刊行本。

中國書店出版社

丙戌年冬月

袁氏蓺文金石録二卷

一

漸西村舍刻本

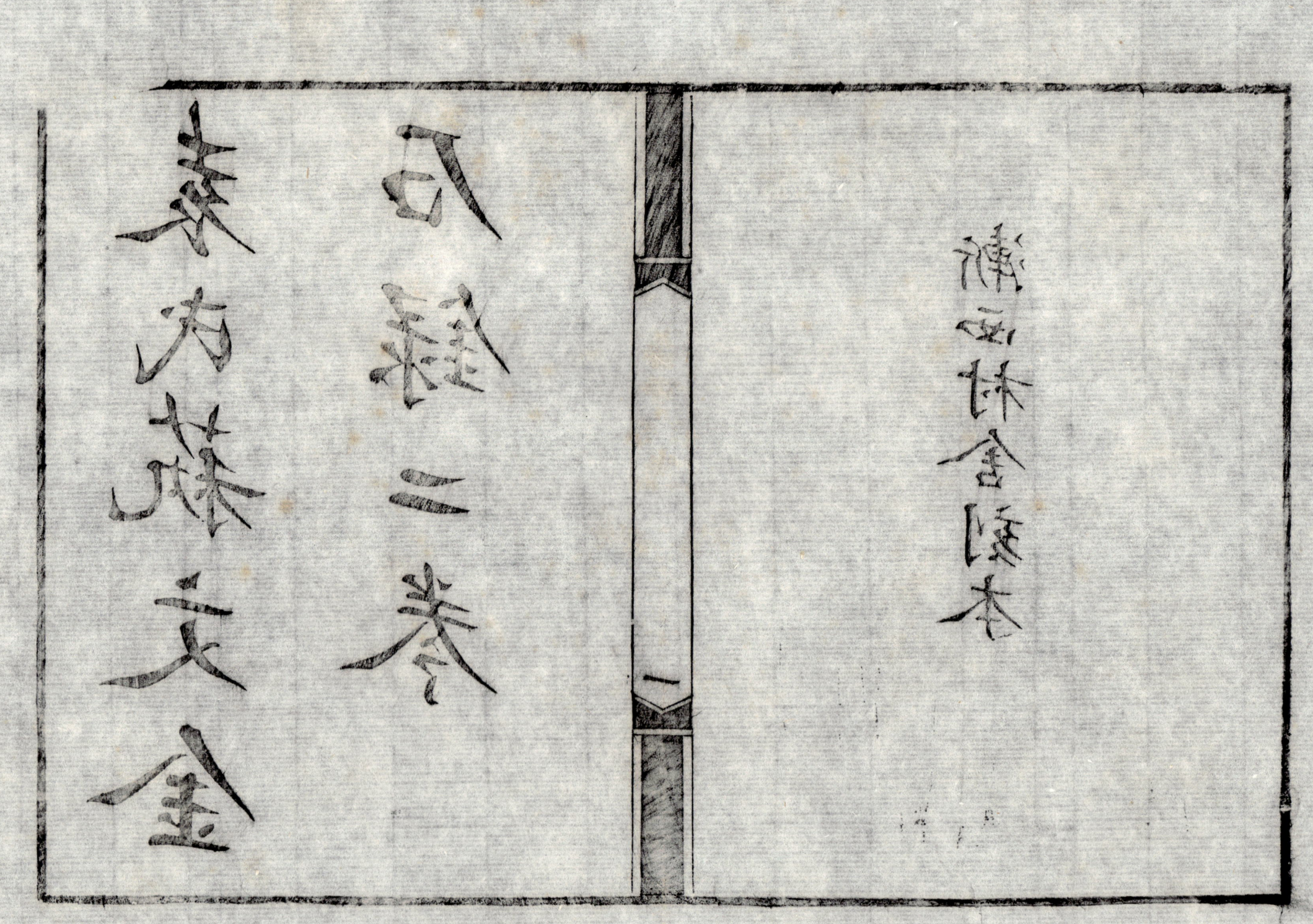

袁氏藝文志敘

袁氏之族敝居列州而系望皆出於陳郡陽夏支葉扶疏本原實一歷紬正史淸德代有風節儒雅前言往行南董不絕書皆可以爲後世子孫法式勿慭勿忘賢者奮不才者勉蓋有待焉不佞竊以經史子集分門著錄袁氏書未卒業及門袁渭漁比部留心家故不謀而合夙就手錄有袁氏藝文志以代編次指與予小異比部不幸即世其子茂才文鳳客於予今夏復與之就兩家所錄重加援葺攷訂姑仍其例編成一冊袁氏之先無慮飛翠鳴玉有籍于翰或蓬累帶索行歌于野迹無論窮通位不擇仕隱要皆敦厚退讓忠信篤敬之士居多率游心養氣與道合符遺榮治性見義忘軀其著之竹帛流傳到今特素履之陳迹言行之糟魄耳後之子孫苟具知人論世之識執是編以攷袁氏之撰述諏經稽史文章自成一子演孔刮老佛不蹈襲前人之單詞野言者歷代皆有之蒙

聖翰采錄入

御覽七閣書庫英華靡絕亦比比而是後之人有志爲學讀先世著述服習其行亦可以爲成人矣擘其

本根毋徒擷其華藻乃足以熏習陶冶興起百世之下礪礱世事特立獨行成爲忠信篤敬之士上之濟時須排世難夷險一節中不墮先世令名以毋忝所生下亦足辨林皋偃卬垂空文自娛嫛用以觴豆軒義椎輪魯鄒襟袿儒林糠秕塵組蓋將涉其表以入其裏矣文字云乎哉光緒丁酉九月芳郭鈍叟敘

袁氏蓺文志

轅　固漢孝景時博士清河王太傅武帝初復以賢良徵時年已九十餘

詩說　漢蓺文志詩經二十八卷魯齊韓三家傳林傳言詩於齊則轅固生師古注固名生者其號也轅袁爰古今字

爰　禮漢

說文敘云孝平時以禮爲小學元士令說文字未央廷中楊雄采以作訓纂篇

袁　康漢會稽人

越絕書十六卷與吳平同撰　見國史經籍志　按隋唐志皆云子貢作宋志云越絕書十五卷或云子貢所作焦竑云非也四庫總目云十五卷不著撰人名氏書中吳地傳稱句踐徙瑯琊到建武二十八年凡五百六十七年則後漢初人也書末敘外傳記以廋詞隱其姓名其云以去爲姓得衣乃成是袁字也厥名有米覆之以庚是康字也禹來東征死葬其疆是會稽人也又云文詞屬定自于邦賢以口爲姓承之以天是吳字也楚相屈原與之同名是平字也然則此書爲會稽袁康所作同郡吳平參定也

宋史藝文志

轅固漢孝景時博士清河王太傅武帝初復以賢良徵時年已九十餘

詩說　漢藝文志詩經二十八卷魯齊韓三家儒林傳言詩於齊則轅固生師古注固名生者其號也轅袁爰

古今字

爰禮沛人

說文敘云孝平時以禮為小學元士令說文字未央廷中揚雄采以作訓纂篇

袁康漢會稽人

越絕書十六卷與吳平同撰見國史經籍志

志晉云子貢作宋志云越絕書十五卷或云子貢所作焦竑云非也四庫總目云十五卷不著撰人名氏書中吳地傳稱句踐徙瑯琊到建武二十八年凡五百六十七年則後漢初人也書末敘外傳記以隱語隱其姓名其云以去為姓得衣乃成是袁字也厥名有米覆之以庚是康字也禹來東征死葬其疆是會稽人也又云文詞屬定自于邦賢以口為姓丞之以天是吳字也楚相屈原與之同名是平字也然則此書為會稽袁康所作同郡吳平參定也

袁太伯 漢臨淮人

易章句　四庫總目史部越絕書注引王充論衡案書篇曰東番鄒伯奇臨淮袁太伯袁文術會稽吳君高周長生之輩位雖不至公卿誠能知之囊橐文雅之英雄也觀伯奇之元思太伯之易童 章之誤 句文術之箴銘君高 疑即吳平字 之越紐錄 即越絕書 長生之洞歷劉子政楊子雲不能過也

袁良 字厚卿漢歷將作大匠廣陵太守梁相曾爲國三老陳國扶樂人

易說　後書袁安傳云祖父良習孟氏易　安少傳良學必有解說著之竹帛可知繇釋載袁良碑有悄綜易詩之語然則厚卿公匪惟明易且兼通三家詩也

袁京 字仲譽漢侍中蜀郡太守

易難記　後書袁安傳云子京敞最知名京習孟氏易作難記三十萬言敞 字叔平 少傳易經教授京子彭 字伯楚 湯 字仲河 均少傳家學

袁口 漢

隋志云尚書中候洛罪級五行傳詩推度災氾歷樞含神務孝經勾命決援神契雜讖等書漢代有郗氏袁氏說　案袁氏史失其名

袁渙字曜卿魏行御史大夫陳郡扶樂人滂子
集五卷錄一卷　見隋志　新舊唐志並著錄集
五卷
袁準字孝尼晉給事中渙第四子
集二卷錄一卷　見隋志　新舊唐志並著錄集
二卷
喪服經傳注一卷　見隋志　舊唐志作喪服記
注
袁子正書十九卷　見隋志　羣書治要及嚴輯
全晉文所刋乃刪摘本新舊唐志並作廿卷太

平御覽重出袁準正書
袁子正論廿五卷　見隋志及新舊唐志　嚴輯
全晉文所刋乃刪摘本
儀禮注一卷　見新唐志　國史經籍志作十卷
袁質字道和晉琅琊內史東陽太守準曾孫
集二卷錄一卷　見隋志　新舊唐志並著錄集
二卷
袁喬字彥叔晉益州刺史諡曰簡瓌子
集七卷　見隋志　新唐志及宋志並五卷嚴輯
全晉文作七卷

論語注十卷　見隋志及新唐志
毛詩注口卷　見嚴輯全晉文
袁豹 字士蔚晉丹陽太守追封南昌縣五等子準元孫
集八卷 梁十卷錄一卷 見隋志　新舊唐志並十卷
晉元正宴會遊集四卷 與伏滔等同撰 見舊唐志　新唐志作宴會詩集
袁宏 字彥伯晉東陽太守猷孫勗子
集十五卷 梁廿卷錄一卷 見隋志　新舊唐志並著錄集廿卷
周易略譜一卷　見舊唐志　新唐志無周易二字
後漢紀三十卷　見隋志及新舊唐志宋志
名士傳三卷　見新唐志　宋志作正始名士傳二卷
竹林名士傳三卷　見嚴輯全晉文
中朝名士傳口卷　見嚴輯全晉文
袁崧 字山松晉祕書監吳郡太守喬孫
集十卷　見隋志
後漢書九十五卷　見隋志　舊唐志作百二卷
新唐志著錄百一卷錄一卷

新唐志著錄百一卷錄一卷　見隋志　舊唐志作百二卷

後漢書九十五卷　見隋志

集十卷　見隋志

袁崧（[illegible]）

中朝名士傳口卷　見嚴輯全晉文

竹林名士傳三卷　見嚴輯全晉文

二卷

名士傳三卷　見新唐志　宋志作正始名士傳

後漢紀三十卷　見隋志及新舊唐志宋志

字

文　四

周易略例一卷　見舊唐志　新唐志無周易二

廿卷

集十五卷（[illegible]）　見隋志　新舊唐志並著錄集

袁宏（字彥伯 [illegible] 東陽太守）

志作宴會詩集

晉元正宴會詩集四卷（[illegible]）　見舊唐志　新唐

集八卷（[illegible]）　見隋志　新舊唐志並十卷

袁豹（[illegible]）

毛詩注口卷　見嚴輯全晉文

論語注十卷　見隋志及新唐志

宜都記口卷　見說郛　太平御覽引書目作宜
都山川記

袁崧書口卷　見後書袁安傳注　又引見劉玉
麐甓齋遺稿

袁邵晉太宰從事中郎
集五卷錄一卷　見隋志　新唐志著錄三卷舊
唐志作袁紹集三卷疑有誤

袁敬仲晉東陽太守
集議孝經一卷　見隋志
正始名士傳三卷　見隋志　舊唐志作袁倘撰

無正始二字

袁眞晉西中郎將
老子道德經注二卷　見隋志　新舊唐志並作
老子注二卷

袁瞻晉字思光
獻帝春秋十卷　見隋志及新舊唐志

袁遵晉
棊後九品序一卷　見隋志

袁希之晉
漢表十卷　見舊唐志

宜都記[illegible]卷　見說郛　太平御覽引書目作宜
都山川記
袁崧書[illegible]卷　見後漢書袁安傳注　又引見劉[illegible]
[illegible]遺補
袁[illegible]
集五卷錄一卷　見隋志　新唐志著錄三卷　舊
唐志作袁[illegible]集三卷 疑有缺
袁敬仲 晉東陽太守
集議孝經一卷　見隋志
正始名士傳三卷　見隋志　舊唐志作袁敬仲撰

藝文　五

無正始二字
袁眞 晉西中郎將
老子道德經注二卷　見隋志　新舊唐志並作
老子注二卷
袁曄 晉字思光
獻帝春秋十卷　見隋志及新舊唐志
袁[illegible] 晉
集後九品序一卷　見隋志
袁希之 晉
漢表十卷　見舊唐志

袁悅之晉陳郡陽夏人

繫辭注口卷　見陸德明經典釋文

袁公松晉

勾將山記口卷　見太平御覽引書目

袁王壽宋永嘉太守

古異傳三卷　見隋志及新舊唐志

袁伯文宋中書郎

集十一卷并目錄　見隋志　新舊唐志並著錄

集十卷

袁淑字陽源宋太尉謚忠憲公豹子

集十一卷并目錄梁十卷錄一卷見隋志　新舊唐志並

著錄集十卷

補謝靈運詩集一百卷張敷同撰見隋志

誹諧文十卷新唐志作俳　見隋志　新舊唐志並十

五卷

高隱傳二卷　見舊唐志　新唐志作眞隱傳二

卷

忠憲集口卷　見乾坤正氣集

袁陽源集口卷　見百三名家集

袁覬宋武陵太守豹孫

集八卷　隋志作袁顗撰誤

袁粲字景倩宋司徒殉節淑猶子

集十一卷并目錄梁九卷　見隋志　新舊唐志並著

錄集十卷

袁彖字偉才齊侍中諡曰靖覬子

集五卷并錄　見隋志

袁祈齊

喪服答要難一卷　見隋志　舊唐志作喪服要

難趙威問仇祈答　新唐志作喪服要難趙威問袁祈答

袁昂字千里梁司空侍中尚書諡曰穆正公顗子

集廿卷　見新舊唐志

書評一卷　見文獻通攷

袁式字季祖贈豫州刺史諡肅侯滂之後

字釋　魏書本傳式沈靖樂道周覽書傳至於詁

訓倉雅偏所留懷作字釋未就以天安二年卒

袁躍字景騰後魏司空祭酒陳郡人飜弟

集十三卷　見隋志　新舊唐志並九卷

袁樞字踐言隋尚書左僕射諡曰簡懿君正子

集十卷　見本傳

袁憲字德章隋開府儀同三司諡曰簡樞弟

喪禮五服七卷　見隋志及新唐志

袁朗陳太子洗馬隋儀曹郎入唐官至給事中長安人樞子

集四卷　見舊唐志　新唐志作十四卷

歐陽詢藝文類聚一百卷與袁朗令狐德棻等同修見新唐志

袁天綱隋大業中爲鹽官令唐貞觀初太宗召見後爲火山令子客師傳其術成都人

太一命訣一卷　見通考經籍志

太白會運逆兆通代記圖同李淳風集口卷　見新唐志

管氏指蒙注口卷　見宋史藝文志

氣神經五卷　見國史經籍志

相笏經一卷　見國史志

易鏡元要一卷　見國史志

人倫龜鑑賦一卷　見國史志

骨法一卷　見國史志

怪書一卷　見宋志

相書七卷　見宋志　又見新唐志

要訣三卷　見新唐志　又見宋志

響應經一卷　見宋志

玄成子一卷　見宋志

玄明經一卷　見宋志

玄明經一卷　見宋志

玄成子經一卷　見宋志

響應訣一卷　見宋志

要訣三卷　見新唐志　又見宋志

相書七卷　見宋志　又見新唐志

怪書一卷　見宋志

骨法一卷　見國史志

人倫通鑑賦一卷　見國史志

易鏡元要一卷　見國史志

相笏經一卷　見國史志

氣神經五卷　見國史經籍志

管氏指蒙注口卷　見宋史藝文志

志

太白會運逆兆通代記圖（周同集　守眞）口卷　見新唐志

太一命訣一卷　見通志

袁天綱（見後爲火山令[illegible]各[illegible][illegible]術成都人　隋大業中爲鹽官令唐貞觀[illegible]太宗召）

歐陽詢藝文類聚一百卷　見新唐志

集四卷　見舊唐志　新唐志作十四卷

袁朗（陳太子洗馬隋儀曹郎入唐　官至給事中長安人擁子）

喪禮五服七卷　見隋志　又新唐志

相氣色詩一卷　見宋志

通明玉帳法一卷　見宋志

玄女三廉射覆經一卷　見宋志

九天玄女墜金法一卷一作孫思邈撰見宋志

遁甲小遊太一諸將立成圖二卷　見宋志

袁天綱外傳　見古今說海

袁智宏唐高宗朝宰相

垂拱式廿卷

垂拱格十卷

垂拱新格二卷

散頒格三卷

留司格六卷以上與王守慎等奉詔撰見新唐志

袁滋字德深唐節度使相憲宗

雲南記五卷　見新唐志　國史志作一卷

袁郊字之儀唐祠部郎中滋子

二儀實錄□卷　見新唐志

衣服名義圖一卷　見新唐志

服飾變古元錄一卷　見新唐志　宋志作三卷

甘澤謠一卷　見宋志

三輔舊事□卷　見說郛

袁不約 字還朴唐長慶中進士

詩集一卷　見宋志

袁　悅 唐仙居令

劉揚名戚苑 玉海作戚畹 纂要十卷　戚苑英華十卷

新唐志云悅重修　案書錄解題戚苑英華

十卷悅撰唐志云重修蓋因揚名之舊而廣之

袁希政 唐播州錄事參軍或作孝政

春秋要類五卷　見宋志

劉子注五卷　見通考經籍志

袁　皓 字退山咸通中進士龍紀中爲集賢殿圖書使自稱碧池處士宜春人

集一卷　見宋志

碧池書三十卷　見新唐志及宋志

興元聖功錄功臣錄三十卷　見宋志 新唐志僅載聖功錄三卷

道林寺詩二卷　見新唐志

袁克己 唐

孝經注一卷　見國史經籍志

袁僑卿 唐

微言集注四卷　見國史經籍志

袁　卓 唐

遁甲專征賦一篇 爲一冊 見道定外函叢書

袁覺 宋
讀書記廿三卷 見宋志
袁夢麟 宋字應祥
漢制叢錄廿卷 見宋志
袁震 宋
臨江軍圖經七卷 見宋志
袁觀 宋
潼川府圖經十一卷 見宋志
袁陟 字世弼一字遯翁宋慶歷中進士仕至太常博士南昌人家金陵
陳郡袁氏譜一卷 見通攷

廬山四遊詩一卷 見宋志
金陵訪古詩一卷 見宋志
遯翁集□卷 金陵詩徵云陟有遯翁集若干卷
袁轂 字容直宋嘉祐進士朝奉大夫知處州鄞人
韻類題選一百卷 見國史志
袁樞 字機仲宋進士仕至工部侍郎國子祭酒甯宗登位擢右文殿修撰知江陵府建之建安人曾爲嚴州教授因家桐廬
通鑑記事本末四十二卷 見宋志
學易索隱一卷 見宋志
易傳解義辯異□卷 見本傳

童子問口卷　見本傳

袁　采 字君載宋進士信安人

世範三卷　見宋志

集事詩鑑一卷　見知不足齋叢書

欲獻子一卷　見宋志

樂清志十卷　見通攷

袁　文 字質甫燮父

甕牖閒評八卷　見續通考

袁　燮 字和叔一字潔叅宋禮部侍郎謚正獻文子四明人國朝同治中從祀孔子廟庭西廡

書鈔十卷　見宋志　通攷云其子喬崇謙錄其

家庭所聞至君奭而止

毛詩經筵講義一卷　見續通攷

陸文安公九淵年譜口卷 傳子雲同編 見四庫書目

絜齋集廿六卷　後集十二卷　見通攷　國史

志共作三十九卷

袁　甫 字廣微宋嘉定中進士吏部尚書謚正肅燮子

中庸講義四卷　見續通攷

中庸詳說二卷　見宋志

孝經說三卷　見宋志　國史志重出廣微孝經

說三卷

信安志口卷　見本傳

信安續志二卷　見通攷

孟子說口卷　見本傳

後省封駁口卷　見本傳

江東荒政錄　見本傳

防拓錄口卷　見本傳

樂事錄口卷　見本傳

蒙齋集四十卷　見補宋史藝文志　菉竹堂書目著錄集廿冊

續集六冊　見菉竹堂書目

番江集二冊　見菉竹堂書目

袁思正 宋

集六卷　見宋志

袁聘儒 宋紹熙中進士建安人

葉正則易說一卷　續通攷云聘儒釋述

袁去華 字宣卿宋紹興中進士改官石首縣知縣奉新人

適齋類稿八卷　見通攷

詞一卷　見通攷

袁悅友 字起巖宋隆興中進士累官同知樞密院參知政事建安人

東塘集廿卷　見續通攷

成都文類五十卷　見續通攷

高宗實錄五百卷　與史官洪邁等同修　見國史志

袁韶　字彥純宋淳熙中進士官至參知政事贈太師越國公慶元人

錢塘先賢傳贊一卷　見續通攷

袁仲晦　宋

朱子年譜一卷　見四庫書目

袁淑眞　宋朝散郎潭州長沙縣主簿

陰符經注一卷　見宋志

陰符經疏三卷　見宋志

陰符經集解五卷　見宋志

袁裒　字德平宋太學生入元不仕

書學纂要□卷　見補元史藝文志

卧雪齋文集□卷　見補元志

詩集□卷　附存袁桷清容居士集中　見元詩選

袁褧　宋

楓窗小牘□卷　見補宋志及說郛　按唐宋叢書闕名四庫書目云不著撰人名氏前有明海鹽姚士粦序以書中所載先三老一條證以隸釋袁良碑知其姓袁又有少長大梁及僑寓臨安語可知其鄉貫其名終莫得其詳查初白編

修愼行注蘇文忠來鶴亭詩引爲袁棐未詳何據棐實明人疑初白誤也上卷記見崇甯閒作大鬢方額下卷言嘉泰二年月食事卽以崇甯末年而計亦相距九十七年舊本題百歲老人不誣也

袁　桷 元人字伯長少爲麗澤書院山長官至侍講學士卒贈江浙行省參知政事謚文淸慶元人

易說口卷　見補元史蓺文志

春秋說口卷　見補元志

仁宗制誥錄口卷 與元明善等同撰 見補元志

郊祀十議一卷　見補元志

清容居士集五十卷　見補元志

延祐四明志廿卷　見補元志

袁從義 元字用之中條山道士虞鄉人

周易釋略口卷　見補元志

袁俊翁 元字敏叁袁州人

四書疑節十二卷　見補元志

經史疑節一冊　見菉竹堂書目

袁士元 元字彥章鄞縣學教諭尋擢翰林院檢閱官不赴鄞人珙之父

書林外集七卷　見補元志

袁　易 字通甫元進士石洞書院山長長洲人

靜春堂集四卷　見補元志

詞一卷　見補元志

袁　泰 元人易子

詩集口卷 附存袁易靜春堂集中　見元詩選

袁明善 元字誠夫臨川人

大學中庸日錄口卷　見補元志

征賦定考口卷　見補元志

袁坤原 元字瀍甫成都學醫官

離經本旨口卷　見補元志

袁當時 字良所元至正中舉於鄉後遇異人授以方書遂懸壺遁跡端木孝文欲援引之竟不可得溧水人

秋堂賦詩集口卷　金陵詩徵云當時有秋堂賦詩集若干卷

袁　華 字子英明洪武初蘇州府訓導崑山人

顧阿瑛玉山名勝集草堂雅集玉山餞別詩寄贈詩玉山記游　補遼金元志云華編　補元志著錄袁華玉山記游一卷

耕學齋詩集十二卷　見續通攷

可傳集一卷　見續通攷

袁凱字景文明洪武中由舉人薦除監察御史華亭人

海叟詩集四卷　見明志及續通攷

集外詩一卷　見續通攷

袁均哲字庶明明正統中官柳州知州

太古遺音二卷　見明志

羣書纂類十二卷　見明志

袁珙字庭玉又字柳莊明太常寺丞士元子

柳莊集一卷　見明志

柳莊行實二卷　見明志

符臺集一卷　見明志

袁忠徹珙子精相法仕至尚寶少卿

鳳池唫稿口卷　見明史袁珙傳

人象大成二卷　見述古堂書目

古今識鑑八卷　見明志

符臺外集五卷　見明志

袁達字德修明正德舉人貴溪縣知縣湖廣都司經歷閩人

禽蟲述一卷　見續通攷　國史志作袁達德撰

四庫書目云刊本誤衍德也

袁淮字伯昭明正德中進士任邱人

川汾別集口卷　見畿輔通志略

淮泗小稿口卷　見畿輔通志略

西征集口卷　見畿輔通志略

袁默 明

書解口卷　見國史志

袁九齡 明

壺矢銘口卷　見續說郛

袁福徵 明

拇陣譜口卷　見續說郛

袁天麟 明

愼庵集一卷　見國史志

袁褧 字謝湖明國子生吳縣人袠兄

奉天刑賞錄一卷　見明志

前後四十家小說八十卷　見明志

廣四十家小說四十卷　見明志

金聲玉振集五十二卷　見彙刻書目

袁袠 字永之又字胥臺明嘉靖乙酉解元丙戌傳臚刑部主事廣西按察使提學僉事吳縣人

永之集廿卷　見明志

皇明獻實廿卷　見明史藝文志

世緯二卷　見知不足齋叢書

吳中先賢傳十卷　見明志

袁尊尼 字魯望明嘉靖進士刑部主事山東提學僉事袁表子

魯望集十二卷 見明志

袁煒 字懋中明嘉靖會元殿試第三官至尚書大學士謚文榮慈谿人

詩集八卷 見明志

文榮詩略二卷 見續通攷

袁儼 明

尚書百家彙解六卷 見明志

續羣書備攷□卷 見禁書總目

袁顥 明

春秋傳三十卷 見明志

袁仁 明字良貴蘇州人

毛詩或問二卷 見明志

鍼胡篇一卷 見明志

春秋胡傳考誤一卷 見續通攷

尚書砭蔡編一卷 見續通攷

尚書蔡注考誤四十頁 見學海類編

袁祥 明

春秋或問八卷 見明志

建文私記一卷 見明志

六壬大全三十三卷 見明志

新舊唐書折衷廿四卷　見明志
袁　彬字文質明都督僉事莅前軍都督府江西新昌人
北征事蹟一卷　見明志
袁又新明
鳳陽新書八卷　見明志
袁　表明字景從福州人
黎平府志九卷　見明志
閩中十子詩三十卷與馬熒同編　見續通攷
脈經十卷表刊本　見孫氏書目
袁　衷　襄　裳　袞　表明嘉善人彥坡子

庭幃雜錄二卷　續通攷云五人同撰
袁　穉字玉田明泰安州知州懷遠人
泰山蒐玉二卷　見續通攷
袁士瑜明字七澤公安人宗道宏道中道之父
海鑫編二卷　見續通攷
袁宗道字伯修明萬歷會元追贈禮部右侍郎
白蘇齋類稿廿四卷　見明志
尚書纂注四卷　見明志
袁宏道字中郎明萬歷中進士吏部郎中
詩文集五十卷　見明志

宗鏡攝錄十二卷　見明志
袁石公集　見彙刻書目
瓶史一卷
廣莊一卷
狂言一卷
錦帆集四卷
解脫集四卷
嵩華游草一卷
瓶花齋集十卷
瀟碧堂集廿卷

中郎集四十卷　見續通攷
瓶花齋雜錄一卷　見續通攷
觴政一卷　見續通攷
闢游歷口卷　見稽古堂日鈔
西湖記述一卷　見武陵掌故叢編
促織志口卷　見續說郛
明文雋八卷　續通志略云宏道編
陟江詩選七卷　續通志略云宏道刪定
袁中道字小修明萬歷進士吏部郎中
珂雪齋文集廿四卷　見明志

禪宗正統一卷　見明志

禪門本草補口卷　見續說郛

袁子讓字仔肩明萬歷進士眉州知州柳州人

字學元元十卷　見續通攷

香海裳詩歌　見禁書總目

袁應泰字大來明萬歷中進士經略遼東贈兵部尚書鳳翔人

丸經一卷　見述古堂書目

梅陣篇一卷　見述古堂書目

袁黃字了凡明萬歷中進士兵部主事嘉善人

兩行軒集口卷　見禁書總目

詩外別傳一卷　見國史志

皇都水利一卷　見明志

歷法新書五卷　見明志

祈嗣眞詮口卷　見續通攷

攝生三要口卷　見學海類編

羣書備攷廿卷　見明志　又見禁書總目

寶坻勸農書二卷　見明志

了凡綱鑑補口卷　見禁書總目

評註八代文宗八卷　見續通攷

表式表括表滙言口卷　見禁書總目

通記統宗口卷與卜大有同輯見違礙書目

袁繼咸字季通明天啟五年進士兵部侍郎兼右僉都御史總督江西湖廣應天安慶軍務殉節宜春人

六柳堂集三卷　見明志　又見禁書總目

未優軒詩草口卷　見禁書總目

袁應兆字瑜石明崇禎間舉人休甯縣教諭江甯人

大樂嘉成一卷　見續通攷

萬古法程一卷　見續通攷

袁宮桂明

洴澼百金方十四卷　書目會問小說　是書王芑孫敍之本書自隱其名署曰惠麓酒民乃無錫人也

袁祈年明

南游草口卷　見禁書總目

袁時億明

訓蒙要語一冊　見菉竹堂書目

袁尚志明

古樂府一冊　見菉竹堂書目

袁九淑明閨秀

伽音集一卷　見明志

袁袞 字谷虛明禮部儀制司員外郎吳縣人袠兄

貢部集口卷

袁定遠 國朝

歷代銓選志一卷　見　皇朝文獻通攷

袁學謨 國朝

居易堂浙中二集口卷　見禁書總目

袁廷檮 國朝長洲監生字綬階

紅蕙山房詩集口卷　見知不足齋叢書

汲古閣說文訂一卷 廷檮刊本 見書目答問

袁佑 字杜少國朝康熙十一年拔貢生內閣中書翰林院編修春坊中允東明人

雪軒集二卷　見畿輔通志

袁仁林 國朝字德平三原人

虛字說一卷　見惜陰軒叢書

古文周易參同契注八卷　見惜陰軒叢書

袁守定 國朝循吏江西豐城縣人

集十口卷

圖民錄四卷　見孫氏書目

袁省予 國朝

漢印分韻二卷　見孫氏書目

袁景 國朝

袁袞 字谷虛明嘉靖[illegible][illegible]同員外郎吳縣人袠兄
貞[illegible]集口卷
袁定遠 國朝
歷代全遼志一卷　見皇朝文獻通攷
袁學謨 國朝
居易堂浙中二集口卷　見禁書總目
袁廷檮 國朝長洲諸生字壽階
紅蕙山房詩集口卷　見知不足齋叢書
汲古閣說文訂一卷 廷檮刊本　見書目答問
袁佑 字杜少國朝康熙十一年拔貢生內閣中書翰林院編修春坊中允東明人

霽軒集二卷　見畿輔通志
袁仁林 國朝字鄗平三原人
虛字說一卷　見惜陰軒叢書
古文周易參同契注八卷　見惜陰軒叢書
袁守定 國朝郎史江西豐城縣人
佔十口卷
圖民錄四卷　見孫氏書目
袁省予 國朝
漢印分韻二卷　見孫氏書目
袁景 國朝

松陵詩鈔廿卷

袁國梓字若遺又字丹叔國朝順治己丑進士官嘉興知府華亭人

嘉興府志口卷　江蘇詩事太守工制秇與蘭雪鶴静並列四家膾炙士林所輯嘉興府志甚詳核

袁徵國朝字公自吳縣人

蘧莊遺稿口卷　見江蘇詩徵

袁甯邦字適盦國朝吳江諸生

適盦詩鈔口卷　江蘇詩徵云甯邦著有適盦詩鈔若干卷

袁逢恩字淑岐國朝六合人

憩綠軒集口卷　金陵詩徵云逢恩著有憩綠軒集

袁瑛字古香國朝上元縣廪監生以賢良徵不應年九十餘

聽雪盦集口卷　金陵詩徵云瑛著有聽雪盦集若干卷

袁懋年字士祺一字仙客國朝吳縣人

竹窗吟稿口卷　江蘇詩徵云懋年有竹窗吟稿

袁爾萃字瞻蓼懋年子

蓼庵集口卷　江蘇詩徵云爾萃有蓼庵集若干

卷

袁棟本姓陶字漫恬一字玉田　國朝吳江縣監生

書隱叢說十九卷　見四庫書目

禮記類謀三十九卷　見羣雅集

漫恬詩集口卷　江蘇詩徵云棟著有漫恬詩集

若干卷

袁景輅字樸村　國朝震澤諸生

小桐廬詩集口卷　江蘇詩徵云景輅著有小桐

廬詩集

袁乾字玉符　國朝乾隆舉人內閣中書丹徒人

笠山詩鈔口卷　江蘇詩徵云乾著有笠山詩鈔

若干卷

袁慰祖國朝字律躬長洲人

竹室集口卷　江蘇詩徵云慰祖著竹室集

袁正瑞國朝字瑤圃靜海諸生

蕉窗存稿口卷　見畿輔通志

袁文渙國朝乾隆時知隆平縣

隆平縣志口卷　畿輔通志云文渙修

袁正己字作楷又字濟川國朝乾隆庚子舉人

周易思辨存參口卷　見畿輔通志

袁枚字子才國朝薦舉博學鴻詞庶吉士改江甯令致仕年八十二錢塘人

續詩品□卷　見昭代叢書合刻

小倉山房全集　見彙刻書目

詩集三十七卷

續集二卷

文集三十五卷

外集八卷

新齊諧廿四卷

續新齊諧十卷

續同人集十二卷

續同人集分類十二卷

續同人集文類四卷

小倉山房尺牘八卷

隨園隨筆廿八卷

隨園詩話十五卷

補遺十卷

袁太史稿一卷

牘外餘言一卷

八十壽言六卷

紅豆村人詩稿十四卷　樹撰

捧月樓詞二卷 通撰

袁家三妹合稿四卷 棠機杼等撰

隨園女弟子詩選六卷

何士顒南園詩選二卷

陸應宿筱雲詩集二卷

陸建湄君詩集二卷

胡德林碧腴齋詩存八卷

選納蘭成德飲水詞鈔二卷

袁樹 國朝端州知府字香亭枚從弟

端溪硯譜記□卷 見昭代叢書合刻

紅豆村人詩稿十四卷 見小倉山房集

袁通 國朝河內縣知縣字蘭村枚嗣子

捧月樓詞二卷 見小倉山房集

袁棠 國朝閨秀字雲扶一字秋卿枚從妹儀徵汪翼翃室

盈書閣遺稿一卷 見小倉山房集

繡餘吟稿一卷 見小倉山房集

袁機 國朝閨秀字素文枚女弟如皋高某室高放蕩無行負博者錢將鬻妻以償遂依兄以居

素文女子遺稿一卷 見小倉山房集

袁杼 國朝閨秀字靜宜一字綺文枚女弟松江韓思永室早寡

樓居小草一卷 見小倉山房集

袁妽國朝閨秀字小芬枚孫女知縣史瓆室

靈簫閣詩選□卷　江蘇詩徵云妽有靈簫閣詩選若干卷

袁青國朝閨秀字黛華上元車持謙室

燕歸來軒詩草□卷　江蘇詩徵云青有燕歸來軒詩草

袁淑國朝閨秀字疏筠

蒻湘亭詩□卷　江蘇詩徵云淑所著有此

袁紫卿黛華之妹

詩□卷　見隨園瑣記

袁氏蓺文志

袁氏文錄

袁安 字邵公漢司空汝南汝陽人

文九篇 見嚴可均輯後漢文

袁閎 字夏甫安元孫苦身修節不應徵召

文一篇 見後漢文

袁紹 字本初漢大將軍封鄴侯安元孫

文七篇 見後漢文

袁術 字公路漢中郎將安元孫逢子

文四篇 見後漢文

袁敘 紹從弟

文一篇 見後漢文

袁渙 世系見前

文三篇 見後漢文

袁徽 渙從弟以儒素稱遭天下亂避難交州司徒辟不至

文一篇 見後漢文

袁著 漢郎中

文一篇 見後漢文

紉梁冀書 見後書梁冀傳

爰延 字季平漢侍中魏郡太守陳留外黃人

文若干篇 見後漢文

蘇文

袁氏 安曾孫女 楊彪妻

文一篇 見後漢文

袁準 世系詳前

文若干篇 見嚴可均輯全晉文

袁瓌 字山甫晉光祿大夫謚曰恭渙曾孫

文二篇 見全晉文

奏疏一篇 見本傳

袁喬 世系見前

文三篇 見全晉文

與褚裒書 見本傳

袁豹 世系詳前

文三篇 見全晉文

建大田議 見本傳

高祖伐蜀檄文 見本傳

袁宏 世系詳前

文十七篇 見全晉文

祭牙文 見古文苑續集

羅山疏 見太平御覽引書目及嚴輯全晉文

去伐論 見玉函山房輯佚書又見全晉文

山濤別傳 見太平御覽引書目

山陽別傳　見太平御覽引書目

去伐論　見王西山房輯佚書又見全晉文

羅山疏　見太平御覽引書目及嚴輯全晉文

祭牙文　見古文苑續集

文十七篇　見全晉文

袁宏（詳世系前）

高祖伐蜀檄文　見本傳

建大田議　見本傳

文三篇　見全晉文

袁豹（詳世系前）

與褚裒書　見本傳

文三篇　見全晉文

袁喬（見世系前）

奏疏一篇　見本傳

文二篇　見全晉文

袁瓌（字山甫晉光祿大夫諡曰恭與曾孫）

文若干篇　見嚴可均輯全晉文

袁準（詳世系前）

文一篇　見後漢文

袁氏（楊泓妻安曾孫）文

袁宏妻李氏 晉

文一篇 見全晉文

袁崧 世系見前

文七篇 見全晉文

袁嶠之 晉太學博士

文一篇 見全晉文

爰幹 晉

文若干篇 見全晉文

袁淑 世系見前

文十五篇 見全宋文

防禦索虜議 見本傳

與王濬書 見本傳

袁覬 世系見前

文一篇 見全宋文

袁粲 世系見前

文四篇 見全宋文

妙德先生傳 見本傳

袁璠 宋尚書左丞

文一篇 見全宋文

袁伯文 世系見前

文一篇 見全宋文

袁伯文見世系前
文一篇　見全宋文
袁番宋尚書左丞
妙德先生傳　見本傳
文四篇　見全宋文
袁燮見世系前
文一篇　見全宋文
袁豈見世系前
與王濬書　見本傳
防禦索虜議　見本傳
文十五篇　見全宋文
袁淑見世系前
文若干篇　見全晉文
袁幹晉
文一篇　見全晉文
袁豫之晉太學博士
文七篇　見全晉文
袁淑見世系前
文一篇　見全晉文
袁宏妻李氏晉

文若干篇　見全宋文

袁昂 世系見前

文六篇　見全梁文

畣高祖書

謝高祖啟

致問期服人書

臨終遺疏　以上見本傳

袁樞 世系見前

文一篇　見全陳文

袁泌 字文祥陳雲旗將軍司徒左長史贈金紫光祿大夫謚曰質

文一篇　見全陳文

袁飜 字景翔後魏儀同三司陳郡項人宣子

文七篇　見全後魏文

議二篇

表四篇

文筆百餘篇　以上見本傳

袁聿脩 字叔德隋博陵太守飜子繼躍後

文一篇　見全隋文

袁充 字德符隋秘書少監昂孫君正子

文四篇　見全隋文

表若干首　見本傳

袁　憲 世系見前

諫表十條　見本傳

袁　滋 世系見前

悲甘陵賦後序　見本傳

袁　高 字公頤唐給事中恕己孫

有奏疏若干篇　見本傳

袁　皓 世系見前

書師曠廟文　見唐文粹

齊處士言　見唐文粹

吳相客說　見唐文粹

袁利貞 字敬孫唐祠部員外郎

文若干篇

袁楚客 唐

文若干篇

袁思古 唐

文若干篇

袁從之 唐

文若干篇

袁守一 唐

文若干篇

袁懷光唐

文若干篇

袁自求唐

文若干篇

袁暉唐

文若干篇

袁映唐

文若干篇

袁參唐

文若干篇

以上見全唐文

袁樞世系見前

有奏疏若干篇　見本傳

袁燮世系見前

論修戰守劄子

題魏丞相書後

權大安將軍楊震仲謚節毅議

江陰尉司新建營記

唐十六衛記　以上見南宋文範

袁甫 世系見前
有奏疏若干篇 見本傳
江東上封事
奏備邊四事劄子
鄞縣學乾淳四先生祠記
辭免直徽猷閣宮觀表 以上見南宋文範
袁說友 世系見前
論養士大夫氣節疏
論苗賦常平疏
講易疏

論君道狀
成都文類敘
論蜀將當慮其變疏
跋張季長所藏司馬溫公通鑑漢元年稿
跋點堂先生帖
祭尤尚書文 以上見南宋文範
袁裒 世系見前
題書學纂要後 見元文類
袁桷 世系見前
拜住爲右丞相詔

進實錄表
賀千秋牋
丞相拜住贈住制
廷試策問
會試策問
史母程氏傳
跋歐書皇甫誕碑後
邵庵記　以上見元文類

袁彬 世系見前
代帝草上太后書　見本傳

袁敏 明金齒衛知事
上景帝書　見袁彬傳

袁洪愈 字仰之明嘉靖解元贈太子太保謚安節
有奏疏　見本傳

袁化中 字民諧明萬歷進士贈太僕卿追謚忠愍武定人
有奏疏　見本傳

袁崇煥 字素元明萬歷進士官至太子太保東莞人
有奏疏　見本傳

袁愷 明給事中
有奏疏　見本傳

袁宏道 世系見前

文漪堂記 見明文在

徐文長傳 見古文

醉叟傳 見續說郛

拙效傳 同上

一瓢道士傳 同上

袁繼咸 世系見前

有奏疏若干篇 見本傳

袁立相 國朝

有奏摺若干篇 見雍正朝 硃批諭旨

袁繼蔭 國朝

有奏摺 見雍正朝 硃批諭旨

袁一相 國朝順治中官四川道宛平人

救恤疫四条

論魚鱗圖冊

民田無庸給由帖檄

設立里催議 以上見 皇朝經世文編

袁枚 世系見前

書院議一篇

書崔實政論後

書王荆公文集後

書牘若干首 以上見 皇朝經世文編

袁銑 國朝道光中御史黄州人

有奏議

書王荊公文集後

書牘若干首 以上見 皇朝經世文編

表 銘誌 [illegible]

有奏議

蘇文 卷

[illegible]氏文錄

袁氏詩錄　詞賦箴銘附

袁文術　漢臨淮人

有箴銘若干篇　注見前

袁宏　世系詳前

詠史詩

東征賦

北征賦

三國名臣頌贊

頌九章　以上均見晉書本傳

袁崧　世系詳前

行路難曲詞　見本傳

袁淑　世系詳前

詩六首　見百三名家陽源集

賦二首　同上

袁顗　字景章宋吏部尚書陽夏人洵子

宋書本傳顗在軍中不披甲冑唯賦詩談義而已

袁粲　世系詳前

詩二句　見任昉所作王儉集敘

袁峻　字孝高梁員外散騎侍郎直文德學士省渙八世孫

仿楊雄官箴　見本傳

新闕銘　見本傳

袁飜 世系詳前

思歸賦　見本傳

袁朗 世系詳前

詩四首　見全唐詩

千字詩

月賦

芝草頌

嘉蓮頌　以上見本傳

袁恕己 唐中宗時宰相

詩一首　見全唐詩

袁暉 唐邢州司戶參軍

詩八首　見全唐詩

袁傪 唐御史中丞

詩二首　見全唐詩

袁邕 唐

詩一首　見全唐詩

袁瓘 唐贛縣尉

詩一首　見全唐詩

仿楊推官[illegible] 見本傳
新陽銘 見本傳
袁翻 世系詳前
思歸賦 見本傳
袁朗 世系詳前
詩四首 見全唐詩
千字詩
月賦
芝草頌
[illegible][illegible]頌 以上見本傳

袁恕己 唐中宗時宰相
詩一首 見全唐詩
袁暉 唐[illegible]州司戶參軍
詩八首 見全唐詩
袁參 唐御史中丞
詩二首 見全唐詩
袁邕 唐
詩一首 見全唐詩
袁瓘 唐翰[illegible][illegible]
詩一首 見全唐詩

袁　高 世系詳前

詩一首　見全唐詩

袁不約 世系詳前

詩四首　見全唐詩

袁　郊 世系詳前

詩四首　見全唐詩

袁　皓 世系詳前

詩四首　見全唐詩

袁求賢 唐

詩一首　見全唐詩

袁長官女 唐

詩二首　見全唐詩

袁　陟 世系見前

詩二首　見宋文鑑

袁　甫 世系見前

詩一首　見南宋文範

袁說友 世系見前

詩二首　見南宋文範

袁　裒 世系見前

求志賦　見元文類

遠游聯句　見元文類

袁桷 世系見前

詩三首

辭三首

蘇氏藏書室銘　以上見元文類

袁易 世系見前

詩口首　見元詩選

袁矩 字子方元延祐間著作郎建康人

詩一首　見金陵詩徵

袁當時 世系見前

詩一首　見金陵詩徵

袁正 元人戶部主事溧水人

詩三首　見金陵詩徵

袁凱 世系見前

白燕詩一首　見本傳

詩十一首　見明文在

詩口首　見錢蒙叟列朝詩集及朱竹垞明詩綜

袁煒 世系見前

靑詞　見本傳

貓詞　見本傳

猶詞 見本傳
青詞 見本傳
袁章 見世前系
詩口首 見錢牧齋列朝詩集及朱竹垞明詩綜
詩十一首 見明文在
白燕詩一首 見本傳
袁凱 見世前系
詩三首 見金陵詩徵
袁正 元人爲戶部主事
詩一首 見金陵詩徵

文 四

袁當時 見世前系
詩一首 見金陵詩徵
袁炬 字著作子明方建元康延人淅間
詩口首 見元詩選
袁易 見世前系
蘇氏藏書室銘 以上見元文類
辭三首
詩三首
袁桷 見世前系
淶湖聯句 見元文類

獻瑞詞　見本傳
詩若干首　見錢蒙叟列朝詩集及朱竹垞明詩綜

袁　華 世系見前
詩四首　見明文在

詩若干首

袁敬所 明
詩若干首

袁　珙 世系詳前
詩若干首

袁忠徹 世系詳前
詩若干首

袁　仁 世系詳前
詩若干首

袁　淮 世系詳前
詩若干首

袁　達 世系詳前
詩若干首

袁　袠 世系詳前
詩若干首

袁尊尼 世系詳前

詩若干首

袁應黻 明

詩若干首

袁景休 明

詩若干首

袁　年 字德門明中大夫陝西按察使吳縣人

詩若干首

袁宏道 世系見前

詩若干首

袁中道 世系見前

黃山雪二賦五千餘言　見明史袁宏道傳

袁詩選 明

詩若干首

袁懋謙 明

詩若干首

袁繼咸 世系詳前

詩若干首

袁徵 明

詩若干首

以上見錢蒙叟列朝詩集及朱竹垞明詩綜

袁　介明

檢田行　見明文在

袁應兆世系見前

詩一首　見金陵詩徵

袁于令字籜庵明荊州知府林甯籍

詩二首　見金陵詩徵

袁逢盛字磊庵　國朝常州府教授六合人

詩一首

袁國梓世系見前

詩一首

袁逢恩世系見前

詩一首

袁逢詔字勖庵　國朝康熙貢生來安訓導

詩一首

袁　瑛世系見前

詩四首

袁宏道國朝字宏鼎蘇州籍

詩二首

詩二首

姿玄道國朝字宏鼎蕭川緒

詩四首

姿瑛世系見前

詩一首

姿逢韶字倡庵國朝康熙貢生來安訓導

詩一首

姿逢恩世系見前

詩一首

姿圖梓世系見前

詩一首

姿浮鑫字福庵國朝常州府教授六合人

詩一首 見金陵詩徵

姿于令字肇庵明湖州卿府林甯籍

詩一首 見金陵詩徵

姿應兆世系見前

檢田行 見明文在

姿介明

以上見錢謙益列朝詩集及朱竹垞明詩綜

詩若干首

袁徵 世系見前

詩一首

袁綖 字度昭 國朝康熙拔貢生知房山縣逢盛子

詩一首

袁綬 字受旃 國朝六合人

詩一首

袁綰 國朝六合人字漢推

詩五首

袁昇昉 字霞客瑛子

詩一首

袁甯邦 世系見前

詩一首

袁懋年 世系見前

詩二首

袁天麟 字振公 國朝華亭貢生

詩一首

袁爾埜 世系見前

詩一首

袁棟 世系見前

詩一首

袁龢 字介人一字雪臯 國朝松江人

詩二首

袁景輅 世系見前

詩一首

袁枚 世系見前

詩四十二首

袁志讓 字遺安 棟孫

詩一首

袁照 字昇初 國朝吳縣諸生

詩二首

袁乾 世系見前

詩一首

袁亨 字雲峯 國朝候補同知丹徒人

詩一首

袁慰祖 世系見前

詩十二首

袁永福 字成之 國朝東臺諸生

詩九首

袁燮和 字書臺 國朝丹徒諸生

詩一首

袁廷檮 世系見前

詩一首

袁樹 世系見前

詩十七首

袁炘 字翠國枚從子

詩三首

袁遲 字眞來國朝南河縣丞枚子

詩一首

袁通 世系見前

詩五首

袁機 世系見前

詩七首

袁棠 世系見前

詩六首

袁杰 國朝閨秀

詩一首

袁杼 世系見前

詩四首

嘉 國朝閨秀字柔吉枚孫女早寡守志姊管亦能詩

袁

一首

袁　姉世系見前

詩二首

袁　青世系見前

詩一首

袁　淑世系見前

詩一首

以上見江蘇詩徵及金陵詩徵

袁氏金石錄

漢

國三老袁良碑

見洪氏隸釋　集古錄及趙氏金石錄皆有水經注扶溝城北有袁梁碑陳郡扶樂人卽良也以順帝永建六年卒年九十餘孫衞尉滂立此石

三老袁貢碑 永建六年

通志金石略云在東京

袁安碑

隸釋云在子城南門外百步

蜀郡太守袁騰碑

水經注云貢之中子也在太康縣

司徒袁滂碑

見水經注

西嶽華山廟碑

隸釋云在華州華陰縣延熹四年袁逢勒石

博平令袁光碑

見水經注

司徒袁公夫人馬氏靈表 光和七年

見漢石例

袁滿來碑

見漢石例　引蔡中郎集

耿球碑

畿輔通志略云袁術立在趙州寶刻叢編誤袁術立爲袁紹立類編再誤紹爲紀遂以耿球碑爲袁紀撰

袁彥和

見漢魯峻碑陰

魏

御史大夫袁渙碑

隸釋云在太康縣

後魏

袁丞等五十八人造象記 正光三年

見平津館讀碑記在陝西高陵　寰宇訪碑錄及金石萃編並闕名

袁翻撰涇州刺史淮陽男陸希聲墓志銘

見金石例補

西魏

袁僚袁豐洛袁迴洛等廿七人造象記 大統十年

見金石續編

東魏

袁景袁元昌袁光暈（雙虎妻）王雙虎等造象記（武定三年）

見金石續編

李口袁口等造象（正書無年月）

見訪碑錄在河南洛陽

北齊

袁略宋顯伯等造象龕記（天保三年）

見金石續編

爰公玉造觀音象記

畿輔通志金石略云在磁州滏山響堂石窟

隋

袁子才造象記（正書開皇八年）

補寰宇訪碑錄云在直隸磁州

大都督袁君碑（大業十二年）

見通志金石略

唐

袁通碑（麟德元年）

見太平御覽　通子義撰幷書通字元濟河南宜陽人

縣 金石志

《藝文》

袁敬金剛經碑 垂拱元年

畿輔通志略云在房山石經洞外

袁敬造象 正書 無年月

畿輔通志略云在雷音窟石室門東

袁氏墓碣 正書 聖歷三年正月

見補寰宇訪碑錄在陝西長安

作夫人袁氏權殯誌 按金石續編

袁滋篆書唐廎銘 大歷三年

見訪碑錄在湖南祈陽

岐國公家廟碑袁滋篆額

張宏靖書陝西安山街西廟中見趙均寒山堂

金石林

西顧山刺史袁高題名 正書 興元甲子立夏日

見補訪碑錄在浙江長興

袁高茶山詩

見墨妙亭碑目 又見唐文粹

軒轅黃帝鑄鼎原銘 貞元十七年

訪碑錄云在河南閿鄉袁滋篆書中州金石記

作籀書潛研堂金石文目著錄篆書正書兩通

袁滋篆書劍州長史李廣業碑 貞元二十年

見莪竹堂碑目
袁滋撰并篆書壁功德記元和四年
訪碑錄云浙江錢塘何氏拓本
袁允撰報國寺泛舟禪師塔銘長慶二年
訪碑錄云在山西安邑
袁口妻王氏墓志正書大中十四年
補寰宇訪碑錄云在陝西咸甯
袁氏先廟碑
見金石例韓文公撰
宋

袁正己正書開元寺行廊功德碑建隆四年
訪碑錄云在陝西咸甯
袁正己正書千字文乾德三年
訪碑錄云在陝西長安　按潛研堂金石目作
碑文正書自題隸書石墨鐫華作隸書在西安
府學
袁允忠正書馬去非等十一人贈詩乾德五年丁卯
潛研堂金石目云在西安府學釋夢英十八體
書旁小字八分書碑之上方
袁正己書僧夢英詩十二首

續通志略云附刋在夢英十八體書碑

袁正己正書摩利支天等經陰符經乾德六年

訪碑錄云在陝西長安

袁正己正書嵩山會善寺修佛殿碑開寶五年

訪碑錄云在河南登封

袁陟題記至和三年

見古刻叢鈔

袁機撰醉經庵記元祐元年

見菉竹堂碑目

袁復一英德碧落洞題名紹興乙丑

毗陵袁復一解官舶司檥舟來游紹興乙丑四

月七日男嘉猷嘉瑞嘉績姪嘉德孫珪侍

袁煥正書龍臺巖韓京題名紹興十九年

訪碑錄云在廣東龍州

袁口撰并行書校官碑陰乾道二年

訪碑錄云在江蘇崑山

袁勃撰楊從儀墓志正書乾道五年

訪碑錄云在陝西城固

袁倚象耳山詩行書淳熙十六年

補寰宇訪碑錄云在四川彭山

袁燮撰簽書樞密院事王節愍公廟碑

見南宋文範

袁說友等府學同年酬唱詩 正書紹熙元年

訪碑錄云在江蘇吳縣

袁說友等題名 八分書紹熙二年

訪碑錄云在安徽盱眙

龍華寺袁說友等題名 八分書慶元六年

訪碑錄云在浙江仁和

龍華寺袁說友題名 正書嘉泰二年

訪碑錄云在浙江仁和

袁簡正書常熟學宮記 端平三年

訪碑錄云在江蘇常熟

袁大監光福寺提舉寶謨題跋 正書開慶元年

訪碑錄云在江蘇吳縣

元

袁志遠撰代祀濟瀆投龍簡記 正書至元十二年

訪碑錄云在河南濟源

袁桷撰建城夫子廟堂記 至元□年

畿輔通志略云在交河

袁桷撰昌平屯田總管劉伯傑墓志銘 無年月

畿輔通志略云在大興至元年立

袁桷撰張府君墓田記（無年月）

畿輔通志略云在大興至元年立

袁致遠撰岱岳行宮記（正書至元二十四年）

訪碑錄云在河南孟縣

袁榆撰贈磁州知州程翔墓志銘（元貞□年）

畿輔通志略云在廣平

袁榆撰武義將軍梁楨神道碑（大德元年）

畿輔通志略云在大名府

袁伯謙正書延津館驛記（大德七年）

訪碑錄云浙江鄞縣范氏天一閣拓本

袁緯撰追立唐孔頴達墓碑（大德七年）

在衡州

縣尹袁緯惠政碑（大德八年）

在衡州

袁桷撰三皇廟碑（皇慶□年）

在交河

袁桷撰先聖廟碑（皇慶□年）

在交河

袁桷代高昉撰高昂妻□氏葬記（延祐元年）

在大名府　以上見畿輔通志金石略
袁桷撰慶元路廟學記正書延祐三年
訪碑錄云在浙江鄞縣
袁桷撰七觀延祐四年
見茶竹堂碑目　又見元文類
袁桷撰資國院使玉呂伯里伯行神道碑延祐四年
在元城
袁桷撰贈相鄉縣君盧母王夫人墓志延祐五年
在武强
袁桷撰興福須陀院碑無年月

在都城保大坊延祐間立
袁桷撰崇眞觀鐘銘無年月
在崇眞萬壽宮延祐時立
袁桷撰重修封龍書院記至治元年
在元氏
袁桷撰鹽使郝從之妻劉氏墓志至治二年
在霸州與在永清不可考
袁桷撰華嚴寺碑至治三年
在口北三廳元文類作上都華嚴寺碑
袁桷撰天慶寺碑泰定元年

在寺

袁桷撰安敬仲墓表泰定元年

在藁城　元文類作安先生墓表

袁桷撰淸鹽使郝從墓志無年月

在霸州與在永淸不可考

袁桷撰同僉太常禮儀院事白恪神道碑無年月

在眞定

袁桷撰翰林院承旨王公墓志銘

見元文類

袁特立慶和寺刱建大殿記至正元年

在南宮　以上見畿輔通志略

南宮縣志作袁特立撰修興福寺碑畿輔通志

略云此刻碑目與待訪碑目兩收之一作袁時

立撰一作袁特立撰皆誤爲二石

長社縣尹袁公去思碑正書至正八年

訪碑錄云浙江錢塘何氏拓本

袁君夫人史氏墓志

金石廣例云元明善撰

明

袁凱石刻逸詩

吳門袁氏寄蛣廬藏

袁愷撰玉田寺修佛殿記宏治元年

續通志略云在石首

袁襲裳撰宜春臺銅鼎記嘉靖二十三年

續通志略云在袁州

袁宏德撰修城樓記萬歷二十四年

續通志略云在曲陽

國朝

石門縣知縣袁獻書去思碑正書咸豐六年

在湖南石門

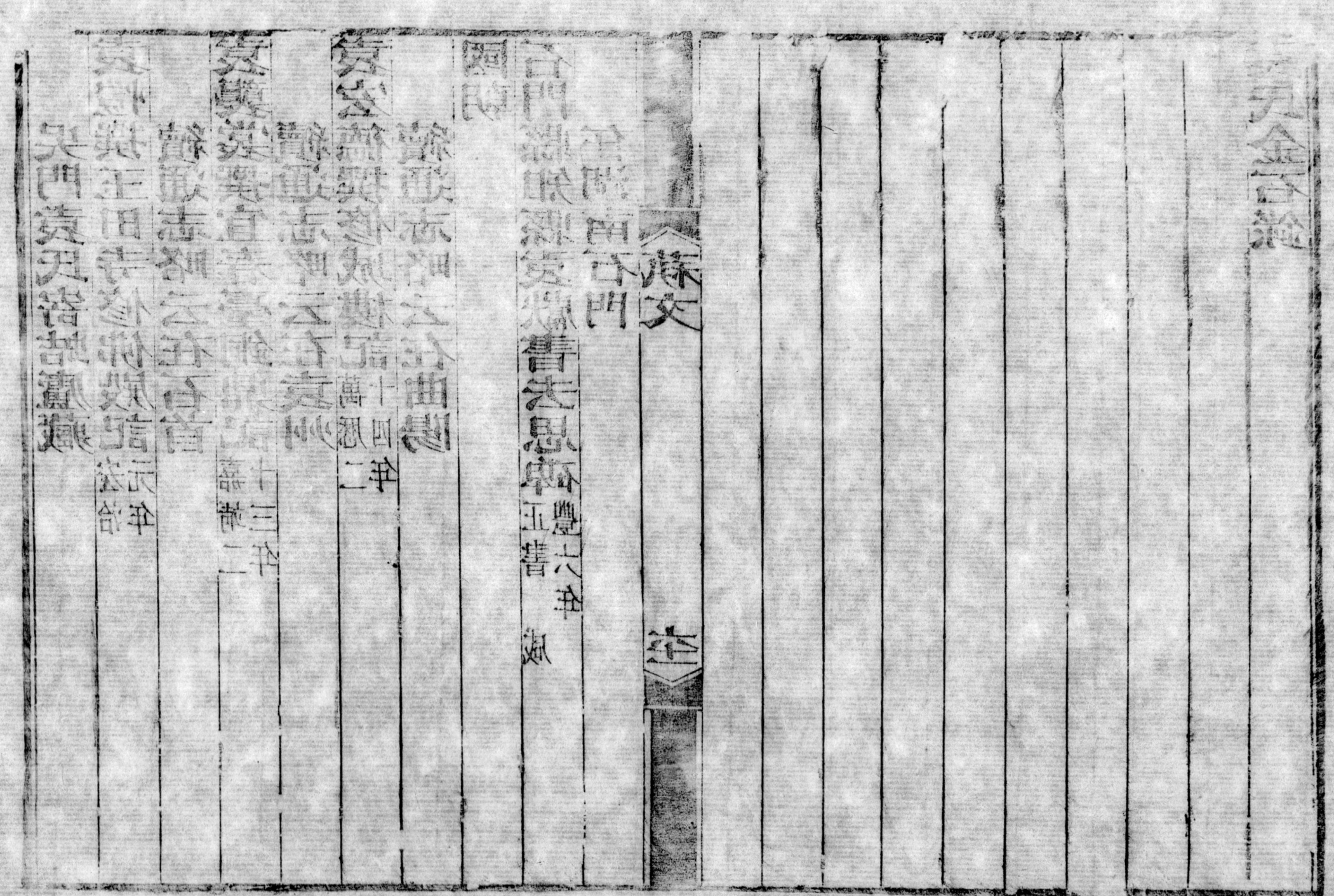

附錄

袁氏世記　見袁渙傳注

汝南先賢傳　引見後書袁安傳注

袁氏傳唐顧覓撰見古今說海

袁督師事蹟一卷國朝無名氏撰記經略袁公崇煥事東莞人見嶺南叢書

袁廷玉傳　見　國朝徵信叢錄

祭粱史郡袁府君文　見全陳文

袁抗字立之宋進士少府監南昌人藏書萬卷江西士大夫家鮮及也　見宋史本傳

明袁氏刊宋劉義慶世說新語三卷　見書目畣問

國朝袁樾校刊周禮讀本十二卷　見書目畣問

國朝袁士龍字惠子仁和人著有西算書　見書目畣問

梁袁峻家貧好學手鈔史記漢書各爲二十卷　見本傳

祭袁學士文　見元文類

图书在版编目(CIP)数据

袁氏艺文志/(清)袁渭渔等著;(清)袁袘编.—北京:中国书店出版社,2006.12(2008.10 重印)

ISBN 978-7-80568-494-9

Ⅰ.袁… Ⅱ.①袁…②袁… Ⅲ.古籍-图书目录-中国-清代 Ⅳ.Z812.49

中国版本图书馆 CIP 数据核字(2006)第 137974 号

中國書店藏版古籍叢刊

袁氏藝文志 一函一册

作者 清·袁渭漁 撰 清·袁袘 輯

出版 中國書店

地址 北京市宣武區琉璃廠東街一一五號

郵編 一〇〇〇五〇

發行 全國新華書店經銷

印刷 北京華藝齋古籍印務有限責任公司

版次 二〇〇八年十月

印數 三〇〇

書號 ISBN 978-7-80568-494-9/G·35

定價 二三〇元